KB194407

그냥

그냥

발행일 2025년 6월 13일

지은이 정해민
펴낸이 손형국
펴낸곳 (주)북랩
편집인 선일영   **편집** 김현아, 배진용, 김다빈, 김부경
디자인 이현수, 김민하, 임진형, 안유경   **제작** 박기성, 구성우, 이창영, 배상진
마케팅 김회란, 박진관
출판등록 2004. 12. 1(제2012-000051호)
주소 서울특별시 금천구 가산디지털 1로 168, 우림라이온스밸리 B동 B111호, B113~115호
홈페이지 www.book.co.kr
전화번호 (02)2026-5777   **팩스** (02)3159-9637

ISBN 979-11-7224-682-2 03810 (종이책)   979-11-7224-683-9 05810 (전자책)

(주)북랩 성공출판의 파트너

북랩 홈페이지와 패밀리 사이트에서 다양한 출판 솔루션을 만나 보세요!

홈페이지 book.co.kr   •   **블로그** blog.naver.com/essaybook   •   **출판문의** text@book.co.kr

---

작가 연락처 문의 ▶ ask.book.co.kr

작가 연락처는 개인정보이므로 북랩에서 알려드릴 수 없습니다.

그냥

정해민 시집

북랩

1부 그냥

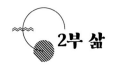

2부 삶

3부 그럭저럭

1부

그
냥

우리

때를 놓쳐 뱉지 못한 말들은
시간과 추억을 거쳐
상흔과 함께 새어나오기로 작정했다.

얽히고설킨 홍연들은
서투른 손으로
우리 안에 우리인 채로 던져버렸다.

겹겹이 꼬여 풀리지 않을 거라고
우리에서 수줍게 튀어나온 선들은
장미 줄기로 수놓는 환상의 궤도

방황

까마득한 눈으로 한참을
넋 놓고 바라보았다.

엉켜버린 생각들은
합리의 무제

진심 어린 친구는
목소리를 잃었다.

예측을 어긋난 여러 번의 상황은
엎어지고 깨지고 산산이
흩뿌려졌다.

진심 어린 친구는 더 이상

자기 자신이 아닌 듯

해야 할 일들을 잡았다.

빨간불

디지털 화면이 연출로
도시 소리들이 잡음으로
느껴질 때쯤
잠깐이나마 스위치를 내렸다.

접할 것들이 너무 많아져서
내가 더 이상 나일 수 없을 때쯤
주변을 정리했다.

기다리며 애써 외면한
마음 한 켠까지 다시 돌아봤을 때
그제야 내가 보였다.

성장통

사회가 궁금한 동심 가득 찬 아이
손을 꽉 붙잡는 부모

지식 전달받는 이유와 함께
지적 호기심 가득 차 질문하는 아이
스스로 생각할 수 있도록 도와주는 선생

수차례의 절망
셀 수 없는 실패
그리고 슬픔과 눈물
몇 번의 변수와 발 걸림

고개를 숙이고
묵묵히 뒤돌아갔다.

그는 마음속 굳은 심지를
천천히 살펴보았다.

관념

이 세상 속 관념
주변 세계 속 상황
머릿속 생각
전부 잡고 있을 때
시계 속 날카로운 초침 소리들이
어두운 두 귀에 휘감듯이
불을 밝히러 달려간다.

시간이 지나고서
속세의 모든 것이 관념이고
집착이 될 수 있음을
모든 것을 놓아주고
깨닫는다.

거듭나는 걸까

죄 그리고 사명처럼

전부를 내려놓는 거

내 삶보단 욕심 없이

모든 것을 내던지는 거

내가 가진 균형을 잃고 잡고

수없이 반복하는 거

모두 인생 한 번 연습했다 치지 뭐

못 써

뒤척거리다 다시
눈을 질끈 감는다.

몹쓸 일 가득한 세상
표상은 유일한 탈출구

몸이 반응하듯 다시
뒤척거렸다.

스쳐가는 너마저도

움켜쥐면 흩날리는
흙먼지처럼

우리의 육체도 영혼도 마음도
긴 파장 파도에 일렁이듯
흘러간다.

그냥

힘들 때도
길을 걷다 절뚝거릴 때도
가는 길이 험난하고 고난이 많을 때도

그냥 가는 것
그냥 행(行)하는 것

너무 기쁠 때도
세상 전부를 가진 것처럼
행복할 때도
가는 길이 너무 수월할 때도

그냥 가는 것
그냥 행(行)하는 것

기복에 대처하지 못할 때
그냥이라는 단어를 까먹는 듯하다.

오늘도
과거를 돌이켜볼 때도
계획을 세울 때도

"그냥"

억센 풀

뿌리 깊숙이 돌, 바위와 자리 잡은
억센 풀이 끊어지랴

억센 풀의 성장 위
차가운 새벽 이슬

뿌리부터 억셈을 표현한
풀은 매일을 잘 이겨내도록
또 새벽이슬을 맺었다.

시

쓰고 싶어서 쓰는 것
마음 깊은 곳에서 올라와 쓰는 것
그런 것보다
'왜'라는 답변에 어울리는 것은
그저 쓰여진다는 것이다.

양지 中 1

정성스레 준비한 꽃불 속에
인류의 사랑·노력·자본 모든 걸
꼭꼭 쓰어 담고 바람의 숨결

흘러가게 해주십쇼
흘러가게 내버려두자

먼저 온 선인들은 역사라는
카세트테이프를 회고록처럼
틀어놓을 뿐이셨다.

새로운 시대로 가자
다음 단계로 넘어가자

오늘도 양지바른 곳에서

기쁘게 웃어 보이려 애썼다.

사나이었네

산악회 바람개비
한 송이
훔친 범인

사나이었네
사나이었네

삼삼오오 모여
행복취미에
뜨거운 얼음물
한 바가지씩

어른들 마음속에 바람개비

한 다발 훔쳐 넣은 범인

아버지 보온병에 얼음물

가득 채운

사나이었네

사나이었네

2부

삶

등불

다 태워낸 일련의 과정들 뒤
반복되는 그을음과
사연 가득한 이들 눈 속
만월의 나절

길게 펼쳐놓은 반복된 우리 밤을
미련함과 하루살이로 후회 없이
등불 속에 태우자

인연들과의 추억, 사랑
그리고 아픔까지 영화처럼
길게 풀어놓고 누워있자

일생(一生)

정성스레 한땀 한땀 쌓는다.
환해지는 주변
따뜻하지는 공기
한 계절을 온기로 서성인다.

차디찬 세월의 바람을 따라
한껏 흩날리다 만난
반짝이는 작은 돌들

한참을 그을어진 알갱이들 사이
서로 얽히기로 한 검붉은 알갱이들

기다림마저 익숙한 듯
정성스레 또,
쌓아 올려지는 따뜻한 모래성

반복되는 어울림이 지겹다는 듯
바람이 차가운 한숨을 쉰다.

처염상정(處染常淨)

가르쳐주지 않았다.
살아가는 법 아니,
살아남는 법을

모두의 침묵 그리고
본인의 자리에서
꽃 피워내기로 작정했다.

흙먼지 낀 바람
동틀녘 차가운 적막
짙고 뜨거운 진흙

다시는 사랑하지 않겠다고
떠나보낸 속세에 대한
인과의 모순까지

삼세(三世)에 걸쳐
싹으로 틔워
본연의 향기로 채웠다.

길

주어진 세상과 시스템 그리고 틀 속에 볶아내듯
효율성을 제고시키며
절약함을 느꼈을 때 즈음

한편으론 외면해왔던
현실적인 핍박과 압박들
맞이하며

한계와 부조리함을 깨기 위해
세상에 벌여놓은 일들을
하나씩 수습해나갔다.

책임이 따르는 자유 속에

각자 삶에서 어떠한 진리를

찾아내왔고 낼 것인가

비몽사몽

그 어느 때 보다 긴 꿈
분명하고도 깊은 몽중몽
자고 일어나면 세월 노트에
세상과 함께 화음을 쌓았다.

신념과 무의식이 선명해져
가치관이 형성되고
드러나지는
우리의 말과 행동
세상과 맞춰지는 조화
그리고 변하는 삶

살았던

살아온

살아갈

나날들

너의 손길과 업

그리고 발자취.

이면(裏面)

내려놓음보다 욕심이 커질 때쯤
수행을 그만뒀다
수행보다 무너뜨리는 힘이 커질 때쯤
세상에 실망보단 체념하기 시작했다

할 수 있는 최선
남기고 갈 가치
주고받는 사랑

세상에 들렀다 간다는 생각으로
온몸과 마음 그리고 영혼
사력으로 치는 몸부림

직업정신과 사명감, 공동체 의식,
지켜내야 할 책임과 의무

끊임없이 배우고 가르쳐야 할
지식과 지혜

가끔 만나는 친구들과 즐기는
소소한 행복

가족, 친척들과 행복한 삶
좋아하는 이성에게 진작
털지 못한 고백들

빛나는 존재들의 열정

보이지 않는 과정

그리고

결과

반(半)죽음

반쯤 걸친 커튼 뒤
힐끗 쳐다보는 무(無)의 풍경

세상은 시곗바늘에 거꾸로 매달린 채
돌아갈 거라며 불을 껐다.

적막만이 우리 아픔을 다져줄 거라며
소리들을 주저앉혔다.

사막, 삶을 끝까지 다 태워낸 잎
아직 할 말 많듯 꽉 채워낸 줄기는
긴 통로를 건너는 영혼들의 신호등

회고록 그리고 디케

병

진단받으신 루푸스
마비된 감각들을 깨웠을 때

고작 일흔 몇 살 넘기신 할매
파키슨병에 매몰됐다.

병실에서 난…
운명공동체인가 보다

당연한 하루
너에게서
배운다

다친 손

세월을 흘려 넘겨
굳게 다진 마음으로
굳은살을 배겨왔다.

짐승으로 태어나
쌓이는 손의 일대기

손의 마음속 피멍마저
일대기를 따라가듯이

아픔이 굳어버려
닫히나 보다

가을이

지나치면 그만인데
비슷한 상황, 연출
얽힌 줄…

세월 속에 흩어져
바람 불어 가겠지

아쿠아리움
가오리
살아 숨 쉬어
퍼덕거리네

시원

마음의 정원에 과실의 씨앗을 뿌리고
내일은 오지 않을 수목원에서
평생을 후회하지 않을 동반자를 훑어냈다.

그들은 평생 지정된 위치마냥
자연스레 비와 시원한 북서풍을 맞이했다.

지나가는 행인
구부정 할머니집
감나무 앞에 서서
눈물을 훔쳤다.

비행

자신의 죄악을 풀어내기 위한
비행기 표에는 2명의 생명줄을 제외한
모든 살인이 포함됐다.

자신의 죄를 고백하고 떠난 너
너의 아픔까지 받을 수 있도록 바란 나

우리 모두 역사 속에서 흔적도 없이
티가 나지도 않게 죽어있다.

우리의 비행 약속은 46년 뒤
작고 작은 생명을 살려낼 수 있는 것인가…

빛의 어두운 부분은 왜

빛의 어두운 부분은 왜
가끔 내게 그늘의 쉼을
내던지는지

세상이 관조마저 비추듯
빛의 어두운 부분은 왜
이데아가 아닌
진짜 현실을 보이는지

빛에 있으면 괜찮다며
어스름대던 어른들도
침묵으로 일관한다.

여백

창밖을 밝히는 투명한 거울
육의 생존을 밝히는 영은
창밖 눈보라 속 심한 결정

여백인 상태
그 자체로도
아름답다.

전체 - 여백(100)
=100-4(%)
=96%

여백 너도 고생했다.

잠시 내려놓고 짧게 울자…

폭, 폭

눈 오는 날 어머니 손을 꼬옥
붙잡고 나온 하나, 둘! 걸음마
폭, 폭

걸음마 신발 자국
폭신한 구름 놀이터
폭, 폭

308

공용버스 매일 타던 칸
옆 병실 큰 책상

지구에게 주어진
밤과 시간

작은 아이의 채우지 못한
지(知)와 성장

세월

나무들도 한 세월 힘겨웠는지
흰 의를 꼭꼭 감쌌다.

줄기들도 눈덩이의 무게 견딜 만한지
묵직하게 본인의 위상을 지킨다.

12, 24, 36, …
아이가 숫자를 세듯
삶의 주기를 센다.

나는 이번이 세 번째라며
깜짝 놀랐다.

염(炎)

화르륵
신채호 선생님 말씀처럼

화르륵
내 역사로 가 있길

화르륵
그 아픔 속에 내가 있길

바라
많이

3부

그
럭
저
럭

써낼 용기

유서나 한바닥 적어야겠다.

어떤 일이 있어도 곁에서 지지해준
가족, 친구, 전우들을 하나하나 떠올리며
못한 이야기를 천천히 적어야겠다.

고마운 마음
미안한 마음
사랑하는 마음

하나하나 펼쳐내어 종이 위에
흘려보내야겠다.

희망

각 개인의 빛바랜 소명
아픈 누군가를 향한 기도
한 걸음씩 나아가겠다는 소원
더 나은 나날들을 살겠다는 소망
결심을 이뤄나가겠다는 야망
바라보는 이상 세계와 낙원

너를 만나

사랑을 직감 감정 생각 행동 영혼으로 한다.

감주에 빠지는 날이면

아버지와 쓰라린 감주에
빠지는 날이면 안주는
뼈있는 역사, 사연 있는 유명인이
분명하다.

아픔들이 비와 함께
술기운으로 씻겨 내릴 때까지
깊고 빠르게 술잔을 비웠다.

따사로운 한마디

야 이 문디 자슥아…

야 이 호래가 물어갈 놈아…

인연

무너져 봐야 알 수 있는 것

지나간 인연
기나긴 인연

사랑의 성찰

정든 마음까지

살다보면

바쁘고 여기저기
고난이 있고
힘들지라도

눈앞의 이익
또는 사회적 성취만큼이나

인간의 온 정이
중요한 게 아닐까

다시 돌아간다면

내가 내린 결정들에
후회하지 않을 수 있을까

똑같이 트리거에 사로잡혀
친구들에게 화를 내려나

생각에 사로잡혀 인생을
허비하지 않을 수 있을까

쓸데없는 일에
시간 낭비하는 것을
막을 수 없을까

좋아하는 여자에게 솔직하게
표현하고 덧없이 사랑할 수 있을까

곁에 있는 사람들에게
더 신경 쓸 수 있지 않았을까

잠깐

몇 번의 넘어짐 뒤에야
결정할 순간들이 주어진다

순리로 운명을 거슬러서
비탈길, 오르막 혹은 내리막길로

빛과 하루

창을 꿰뚫는 한줄기 빛
화폭에 담긴 나무처럼
계절 변화에 잠시 무뎌본다.

1차 독립

부모 밑에서 독립의 싹이 났다
내가 부모님께 받은 사랑·성장 과정은
과연 독립과의 무기한 약속이었을까

엉터리

밤새 트럭에 꼼꼼히 넣은 박스
무언가 율동이 맞지 않은 엉터리 포장

자정 이후 투입 그리고 산출을 보며
내가 구매하고 받아드린 것은
교육청 삼대가 아닌 …
고객이 구매한 것은
상품 자체가 아닌 …

분류 작업 속 노동의 가치
무역 중심지 속 공장-기업의 대가와 의미

기능을 잃은 상품 자체의 소비

수많은 계약이 얽혔지만

우리 인생은 박물관이 아닌 것인가

도시

경찰이 되고 싶었던
성실한 꼬마 청년은

자기 자신을 먼저
잡아야 한다는 것을 …

도시, 경찰, 안전, 정직

임계점

정말 사소한 차이로 결정
한 끗인가, 한끝인가
결국 도달 지점은 어디인가

친구인데 여자

여자친구란 단어는
왜 만들어진 걸까?

가끔 인간이란 존재에게
오싹함이 들곤 한다

2024 전화

평온하게 본인의 일을 하던
직원에게
긴급하게 던져진 전화 속
한마디였다.

선생님~!

직원 업무 중 실수로
눈물로서 업무보고를 했다

질식사

간절한 두 손 모아 합장
잊지 못할 목요일
다들 같은 구조로 모여 드리는 기도

그리고서는 우두머리로 일컫는
교주, 목사가 외친다.

우리는 짐승이 아니다!
우리는 구원 받은 영들이다!

아들은 학교를 가며 생각이 들었다
예맨은 어디인가…

아버지는 눈물을 참으시며
아침에 아내가 매주는
넥타이를 뒤적거렸다.

전북 예수병원 입원실
할아버지 마지막 식사
전복죽··
삼가 고인의 명복을 빌며
인간들의 오만함의 뿌리를
뽑고 싶단 생각이 온 뇌리에
스쳤다.

왕좌의 게임

사회적 합의로 이루어진

살인자는 있지만

용의자와 피의자는 없는

피해자는 있지만

어떠한 합의와 보상이 없는

왕좌의 게임

동네북

이리 쿵, 저리 쿵, 아이쿠!
이리 쿵, 저리 쿵, 아이쿠!

여러 의미로 동네 북 만들어야겠다

나는 많고 많은 무덤 중
서 있는 무덤으로 찍혔던가…
여기저기 걸려 있는 걸 풀고

이리 쿵, 저리 쿵, 아이쿠!
이리 쿵, 저리 쿵, 아이쿠!

한민족임을 잠시 내려놨을 때

대체 대한민국은

어디 있단 말인가 …

.

B(IG)N